감사합니다.

겨울 가면
봄이 오듯,
사랑은 또 온다

겨울 가면 봄이 오듯, 사랑은 또 온다

초판 1쇄 발행 2015년 12월 20일
초판 16쇄 발행 2024년 5월 20일

글 노희경
사진·캘리그라피 배정애
펴낸이 金湞珉
펴낸곳 북로그컴퍼니

주소 서울시 마포구 와우산로 44(상수동), 3층
전화 02-738-0214
팩스 02-738-1030
등록 제2010-000174호

ISBN 978-89-94197-91-3 03810

노희경이 전하는 사랑과 희망의 언어

겨울 가면 봄이 오듯
사랑은 또 온다

북로그컴퍼니

말만 남겨진 삶이 아니길
말이 마음을 움직이는 도구이길
말이 목적이 아니길
어떤 순간에도 사람이 목적이길

이십 년째 드라마를 썼다. 살면서 어떤 사랑도 이십 년을 지켜본 적 없고, 소중한 관계도 이십 년 꼬박 한마음으로 숭배하기 어려웠는데, 내가 무려 이십 년간이나 즐거이 드라마를 썼단다. 그것도 준비 기간을 치면 한 해도 쉬지 않고. 참 별일이다.

이젠 간혹 내 기억에서조차 지워진 말들을 정리해 한 권의 책으로 묶었다. 조금은 어색하고, 낯설고, 부끄럽다. 내가 한 말들을 내가, 내 삶이 온몸과 마음으로 지켜냈다면 어색할 것도 낯설 것도 부끄러울 것도 없겠으나, 말만 해놓고 행동하지 못한 삶이 이러한 민망을 초래하는구나 싶다. 그럼에도 불구하고 책을 내놓는 건, 자신에 대한 채찍이다.

나이 오십, 다시 돌아보렴, 노희경, 너를!

웃기는 말이지만, 나는 내가 오십까지 살 줄도 몰랐고, 이십 년 지고지순하게 드라마를 사랑할 줄도 몰랐다. 그저 순간순간 살아지니 살고, 쓰고 싶어 쓰니, 이리 됐다. 이 꼴로 가면 앞날도 훤하다. 지금처럼 멋모르고 살다, 가리라. 어려선 이 나이쯤 되면 뭐든 확연해지고, 내 삶은 내가 쓴 한 줄 대사처럼 꿰뚫어질 줄 알았는데… 기껏 혼란만 인정하는 수준이라니, 사는 게 참 재밌다.

대사를 잘 쓰려 애쓰던 서른을 지나고, 말로 인간의 마음을 움직이고 싶은 사십의 야망을 지나, 이제 오십의 나는 말 없는 드라마를 쓰고 싶다. 배우의 손길이 그저 내 어머니고, 배우의 뒷모습이 그저 내 아버지고, 배우의 거친 반항이 그저 시대의 청춘들의 고단을 인정해주는. 그래서, 결국 내 드라마에 대사가 다 없어진다 해도 후회는 없겠다.

확신컨대 이 책은 마지막 대사집이 될 거다. 그래야, 중견 드라마 작가로서의 내 꿈이 이뤄지는 걸 테니까. 이 다짐 속에서도 혹여 말로 대변할 수밖에 없는 상황에 놓여 대사를 쓸 땐,
제발, 노희경, 말이 목적이 아니길, 사람이 목적이길,
입을 닫고 온 마음으로.

2015 겨울, 노희경

차례

후회 없이

사랑하라

사랑하는 사람과
헤어지는 이유는
저마다 가지가지라
늦고크게
자격지심의 문제고
초라함의 문제고
어쩔수없는
운명의 문제이고
사랑이 모자라서 문제이고
너무 사랑해서 문제이고
성격과 가치관의
문제라고 말하지만
정작 그 어떤 것도
헤어지는데
결정적이고 적합한
이유는 될 수 없다
모두 지금의 나처럼
각자의 한계일 뿐

그들이 사는 세상

11

왜 나는 상대가 나를 사랑하는 것보다

내가 더 상대를 사랑하는 게

그렇게 자존심이 상했을까?

내가 이렇게 달려오면 되는데,

뛰어오는 저 남자를 그냥 믿으면 되는데,

무엇이 두려웠을까?

그들이 사는 세상

이상하다.

'당신을 이해할 수 없어.'

이 말은 엊그제까지만 해도

내게 상당히 부정적인 의미였는데,

지금은 그 말이 참 매력적이란 생각이 든다.

이해할 수 없기 때문에 우린 더 이야기할 수 있고,

이해할 수 없기 때문에 우린 지금

몸 안의 온 감각을 곤두세워야만 한다.

이해하기 때문에 사랑하는 건 아니구나.

그들이 사는 세상

사랑에 손해가 어디있고 상처가 어디있냐!
사랑은 추억이거나 축복, 둘 중 하나야

괜찮아 사랑이야

나 처음으로 오늘 이 병에 감사했어요.

이 병 아니었으면

내가 당신을 이렇게 사랑하는 줄,

미처 몰랐을 거예요.

그리고 당신이 날 이토록

사랑하는 줄도 몰랐을 거예요.

아직은 사랑할 시간

누구라도 사랑할 만한 대상이어서,

너무나 예쁘고 섹시하고 멋있고

젊어서 서로를 사랑하는 게 아니라,

그냥 단지 너여서…

단지 그라서…

부족하고 괴팍하고 늙었지만

그럼에도 불구하고 사랑하는 것!

괜찮아 사랑이야

네가 마지막이 아닐수도 있겠지
우리가 헤어질수도 있겠지
근데, 지금은 너를 사랑해

굿바이 솔로

사는 게 치사스러운 게 아니라
사랑이 치사스러운 거야.
사랑하면 쇼하지 마.
너는 철이 너무 들었어.
사랑은 철없을 때 해야 약이 된다더라.
철들어 하면 괴롭지.
안 아파도 아픈 척
괴로워도 즐거운 척.

내가 사는 이유

사랑은 아주 간단해.

상대가 끝났다고 하면 끝나는 거.

싫다는 사람, 같이 사랑하자고 하는 건 집착.

사랑은 거래가 아니어서 배신이 없어.

자기가 좋아 시작한 거니까

생색도 안 통하고 자랑도 안 통해.

네가 우긴다고 집착이 사랑이 되지는 않아.

그 겨울 바람이 분다

내게 사랑은
당신을
고독하게 하지 않는 것입니다 —

화이트아웃 현상에 대해서 들은 적이 있다.

눈이 너무 많이 내려서 모든 게 하얗게 보이고

원근감이 없어지는 상태.

어디가 눈이고 어디가 하늘이고 어디가 세상인지

그 경계를 알 수 없는 상태.

내가 가는 길이 낭떠러지인지 모르는 상태.

우리는 가끔 이런 화이트아웃 현상을 곳곳에서 만난다.

절대 예상치 못하는 단 한순간.

자신의 힘으로 피해 갈 수도 없는 그 순간,

현실인지 꿈인지 절대 알 수 없는.

화이트아웃 현상이, 그에게도 나에게도 어느 한 날 동시에 찾아왔다.

그렇게 눈앞이 하얘지는 화이트아웃을 인생에서 경험하게 될 때는

다른 방법이 없다. 잠시 모든 하던 행동을 멈춰야만 한다.

그것이 최선의 방법이다. 그렇다면 나도 이 울음을 멈춰야 한다.

근데 나는 멈출 수가 없다.

그가 틀렸다. 나는 괜찮지 않았다.

그들이 사는 세상

포기하지 마.

날 포기하지 마.

널 포기하지 마.

이길 수 있어.

적어도 우린 아직 살아 있잖아.

사랑할 시간, 아직 있어.

아직은 사랑할 시간

사랑을 하면서 강한 사람은 없어
사랑을 하면 모두 약자야
상대에게 연연하게 되니까
그리워하게 되니까
혼자서는 도저히 버텨지지 않으니까
우린 모두 약자야

거짓말

그날 언니는 식장에 서서
마음속에 세 가지 다짐을 했다고 한다.

첫째
사랑이 쉽지 않다는 것을 알기 때문에
쉽게 포기하려 하지 않기.

둘째
사랑을 받으려고 구걸하지 않고
먼저 주는 사람이 되기.

셋째
지금 자신의 옆에 서 있는 사람에게
한없이 감사하고 감사하기.

꽃보다 아름다워

"

그 자존심 버려. 내가 버렸듯.
자존심 가지고 사랑을 어떻게 하니?

굿바이 솔로

"

사랑과 결혼이
기쁨과 행복만이라고
생각한다면
그 사랑과 결혼에
실패할 것입니다
사랑과 결혼 안에는
기쁨과 행복 말고도
슬픔과 상처, 고통이
함께 하기 때문입니다.

우리가 정말 사랑했을까

내가 왜 당신을 사랑하게 됐는 줄 알아요?

내 뒷모습을 100일이 넘게,

있는 그대로 지켜본 사람은

당신밖에 없었어요. 내가 모르는 줄 알았죠?

매일매일 사랑받는 느낌이었어요.

그것도 아주 많이, 많이.

빨강사탕

다음에 사랑을 하면
그냥 느껴봐.
계획하지 말고, 다짐하지 말고.

괜찮아 사랑이야

사랑이 뭔줄 알아?
외로우면 외롭다고 말하고
힘들면 힘들다고 말하는거야
그래서 서로 의지하고
보듬어 주는게 사랑이야

슬픈 유혹

네가 다시는 날 찾지 않아도 괜찮다.
우리가 다시 보지 못해도
그게 사랑이 없어서는 아닐 테니까.
그래도 아마 나는…
아주 오래도록 널 기다릴 것 같다.
결코 오지 않는다고 해도
그 시간 아까워하지 않으면서.

널 만나 내 인생 전부를
위로받는 느낌이었다.

꽃보다 아름다워

난 당신이 부러워요.

사랑하는 사람을 위해 최선을 다한 게.

그게 자신에게 지울 수 없는

상처가 될 줄 알면서도…….

빗물처럼

상대가 난지
내가 상댄지
가늠이 안될때,
이미 하나가 되어서
누가 누군지 모를때,
난 그게 사랑이라고 본다

거짓말

인간이 아무리 독해도…
한번 정 준 거는 못 떼.
정을 준 사람이 있으면
반드시 받은 사람이 있는 법이야.
나는 짝사랑 같은 거 안 믿어.
네가 진심으로 사랑했다면
상대는 분명 그걸 알아.

내가 사는 이유

네가 30년 동안 사랑을 못했다고 해도
300일 동안 공들인 사랑이 끝났다고 해도
…… 괜찮아.
다시 사랑을 느끼는 건
한순간일 테니까.

괜찮아 사랑이야

새로운 사랑은
지난 사랑을
잘 정리할수 있을때만
시작할수있다

그들이 사는 세상

엄마… 살면서 요즘처럼 행복한 적이 없어.

엄마도 알지만 내가 어려서부터

뭐 딱히 하고 싶은 게 없었거든.

근데 지금은 막 뭐가 하고 싶어.

막 돈도 벌고 싶고, 막 잘나가고 싶고,

막 착하고 싶고, 막 즐겁고 신나고 싶고….

난 엄마, 그 여자가 오라면 오고 가라면 가고,

죽으라면 죽는 시늉 아니라 죽기를 각오하고,

머리가 아닌 가슴으로, 정말 진하게,

진심으로 사랑할 거야.

빠담빠담, 그와 그녀의 심장 박동 소리

이뤄지든, 안 이뤄지든…

사람이 사람을 사랑한다는 건 좋은 일이야.

꽃보다 아름다워

미치게 사랑하고 죽어라
사랑하고, 아낌없이 사랑하고
부족함 없이 사랑하면
후회도 미련도 없다

_〈미치게, 죽기 살기, 아낌없이, 미련 없이〉 중에서

남녀가 사랑을 하면서

인생의 미묘한 법칙들을

얼마나 많이 배우는지 알아?

첫 번째, 기분이 좋아.

두 번째, 인내를 배우지.

셋째는… 배려.

괜찮아 사랑이야

젊은 애들 사랑이라는 게
아침 다르고 저녁 다르게 변하는 거니까
조바심도 나겠지.
안 보면 잊혀질 거 같고,
지금 애가 닳게 좋으니,
하루라도 못 보는 게 가슴 타고…….
그런데 그런 거 다 세월 가면 아무것도 아닌데,
지금은…… 모르겠지?
하긴 그러니까 네가 애고, 우리가 어른이지.

화려한 시절

사랑은
고통과 원망과 아픔과 슬픔과
절망과 불행도 주겠지
그리고 그것들을 이겨낼
힘도 더불어 주겠지
그정도는 돼야 사랑이지

괜찮아 사랑이야

사람들은 늘 영원한 사랑에,
변치 않을 사랑에 목을 매며 산다.
계절이 변하는 게 당연하듯,
우리의 마음이 사랑에서 미움으로
미움에서 증오로, 다시 그리움으로
변하는 것 역시 당연한데,
우린 왜 그걸 받아들이지 못하는 걸까?

굿바이 솔로

6년 전 그와 헤어질 때는 솔직히 이렇게 힘들지 않았다.

그때 그는 단지 날 설레게 하는 애인일 뿐이었다.

보고 싶고, 만지고 싶고, 그와 함께 웃고 싶고,

그런 걸 못하는 건 힘이 들어도 참을 수 있는 정도였다.

젊은 연인들의 이별이란 게 다 그런 거니까.

그런데 이번엔 미련하게도 그에게 너무 많은 역할을 주었다.

그게 잘못이다. 그는 나의 애인이었고, 내 인생의 멘토였고,

내가 가야 할 길을 먼저 가는 선배였고, 우상이었고, 삶의 지표였다.

그리고 무엇보다, 지금 이 욕조에 떨어지는 물보다 더 따뜻했다.

이건 분명한 배신이다.

그때, 그와 헤어질 수밖에 없는 이유들,

그와 헤어진 게 너무도 다행인 몇 가지 이유들이 생각난 건

정말 고마운 일이었다. 그런데, 그와 헤어질 수밖에 없는 이유는

고작 두어 가진데, 그와 헤어져선 안 되는 이유들은

왜 이렇게 셀 수도 없이 무차별 폭격처럼 쏟아지는 건가.

이렇게 외로울 때 친구들을 불러 도움을 받는 것조차 그에게서 배웠는데,

친구 앞에선 한없이 초라해지고, 작아져도 된다는 것도 그에게서 배웠는데,

날 이렇게 작고 약하게 만들어놓고, 그가 잔인하게 떠났다.

그들이 사는 세상

Dear friend, I pray that you
may enjoy good health and
that all may go well with you,
even as your soul is
getting along well.

3 John 1:2

잘했다고 말해줘
사랑이 또 온다고 해줘
또 온다고...
내가 그 아이를
얼마나 사랑했는지
그 아이는 알까?
모르면 어떡하지?
보내는 내 마음,
모르면 어떡하지?

거짓말

미치게 설레던 첫사랑이 마냥 맘을 아프게만 하고 끝이 났다.

그렇다면 이젠 설렘 같은 건 별거 아니라고,

그것도 한때라고 생각할 수 있을 만큼 철이 들 만도 한데,

나는 또다시 어리석게 가슴이 뛴다.

그래도 성급해선 안 된다.

지금 이 순간 내가 할 일은

지난 사랑에 대한 충분한 반성이다.

그리고 그렇게 반성의 시간이 끝나면,

한동안은 자신을 혼자 버려둘 일이다.

그것이 지나간 사랑에 대한,

다시 시작할 사랑에 대한 최소한의 예의일지도 모른다.

그들이 사는 세상

더 사랑해서 약자가 되는 게 아니라,

마음의 여유가 없어서 약자가 되는 거야.

나는 사랑했으므로 행복하다, 괜찮다.

그게 여유지.

괜찮아 사랑이야

내가 널 잊을 수 있을까?
참 이상하지
너없이 3여년 가까이 살았는데
이상하게 네가 없었던 시간들은
잘 기억이 안나

우리가 정말 사랑했을까

내가 뻔뻔하다고 생각해요?

가진 거 없고 배운 거 없고,

그런 놈이 사랑하자고 하니까 뻔뻔한 거 같냐구요.

내가 사랑이란 걸 너무 대단하다고 생각하는 건가?

난 그딴 거 때문에 사랑을 못한다면

사랑이 우스워서 싫은데….

빠담빠담, 그와 그녀의 심장 박동 소리

내 자존심을 지킨답시고
나는 그녀를 버렸는데,
그럼 지켜진 내 자존심은
지금 대체 어디에 있는 걸까?

그들이 사는 세상

세상 사람 모두
용서할수 없는 일이라해도
바보같은 짓이라해도
한번쯤은
행복해지고 싶었습니다
그게 정말
바보같은 사랑이라해도

바보 같은 사랑

살아 있는 동안 너는 나만 사랑한다고
나는 너만 사랑한다고 맹세할 때,
난 신이 가장 무서운 존재인 줄 알았어.
그런데 아니야.
세상에서 가장 위험하고 무서운 건
사람 마음이야.
신 앞에서 한 맹세도
마음 한번 바꿔 먹으니까 아무것도 아니잖아.

\# 거짓말

지금 나는 너무 속상하고 아픈데…
이게 어떻게 꿈이야.
이게 꿈이면 꼬집어도 때려도
안 아퍼야 하는 거 아니에요?
근데 난 너무 속상하고, 맘이 아퍼.

바보 같은 사랑

사랑에 배신은 없다
사랑이 거래가 아닌 이상, 둘 중 한사람이 변하면
자연 그 관계는 깨져야 옳다
미안해 할일이 아니다
마음을 다잡지 못한게 후회로 남으면
다음 사랑에선 조금 마음을 다잡아 볼 일이 있을뿐,
죄의식은 버려라
이미 설레지도 아리지도 않은 애인을 어찌 옆에 두겠느냐
마흔에도 힘든 일을 버리지 버린 스무살에,
가당치 않은 일이다
가당해서도 안될 일이다

그대 잘못이 아니었다
어쩌면 우린 모두 오십보백보다
더 사랑했다한들 한계절 두계절이고,
일찍 변했다한들 평생에 견주면 찰나일뿐이다

모두 과정이었다 그러므로 다 괜찮다

_〈버려주어 고맙다〉 중에서

어머니, 당신이 있어

행복한

인생이었습니다

지금 방황하는 사람들, 그대들의 방황은 정녕 옳은것이다
그러나, 그대의 어머니가 살아있는 그 시기안에서 부디 방황을 멈추라
아픈 기억이 아무리 삶의 자양분이 된다 해도
부모에 대한 불효만은 할게 아니다
대학때 가출한 나를 찾아 학교 정문앞에서
허름한 일상복으로 서있던 어머니가 언제나 눈에 밟힌다
그때 이후에도 왜 난 그분께 미안하단 말 한마디를 못했을까
바라건대, 그대들은 부디 이런 기억을 갖지마라

_ 〈아픔의 기억은 많을수록 좋다〉 중에서

엄마, 지금까지 날 믿은 것처럼
한 번만 더 믿어주라.
내가 정말 환자 잘 고치는
좋은 의사라는 거.
그리고 어떤 불행한 순간이 와도
난 그 순간을 다시
행복하게 만들 수 있는 애라는 거.

\# 괜찮아 사랑이야

66

청춘이 힘들지?
그래, 지금은 그런 생각이 들 거야.
근데 세월이 지나가 보면
아마 지금 이 시간이 그리울 기다.
그럼, 분명 그럴 거야.
그러니까 너무 힘들어하지 마라.

화려한 시절

99

자식이 부모걱정하기
시작하면
부모곁을
떠날때가 된거라던데...
난네가
결혼하기
너무어리다싶었는데
아니네,
다컸네

기적

너 내 수양딸 안 할래?
남이라고 생각하면
찾아와서 울고 싶어도
낯간지러워서 못 울 테지만,
애미라고 생각하면 좀 낫지 않겠냐?

내가 사는 이유

엄마가 잘 살고 있다고 누가 그래?
그리고 엄마가 뭐가 늙었어?
설사 늙었다고 해도,
늙으면 여자 아닌 줄 아니?

\# 꽃보다 아름다워

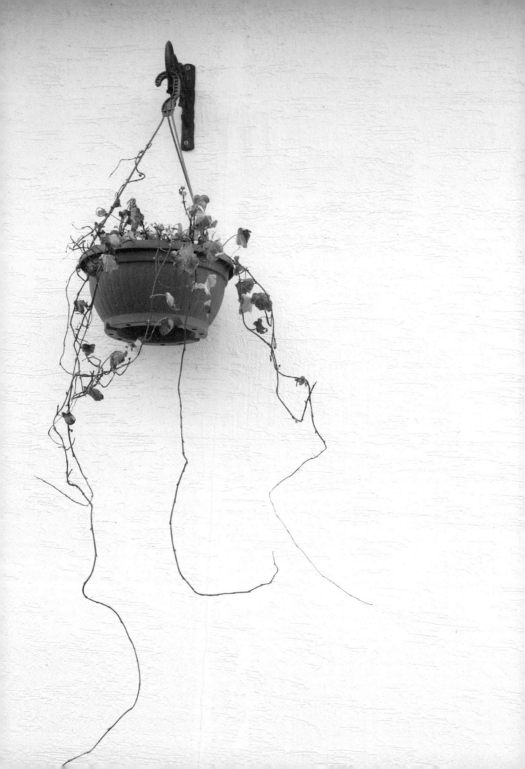

누가 그러더라
세상에서
가장 폭력적인 말이
남자답다
여자답다
엄마답다
의사답다
학생답다
뭐 이런 말이라고
그냥 다 처음 살아보는
인생이라 서툰건데
그래서 안쓰러운건데
그래서 실수해도 되는건데

괜찮아 사랑이야

네 작품이 왜 그렇게 다 차가운지 아냐?
인간에 대한 이해심이 없으니까 그런 거야.
엄마도 이해 못하는 놈이,
무슨 드라마 속 인간을 이해해!

그들이 사는 세상

누나는 단 한순간도
엄마가 이해되지 않은 적이 없다고 한다.
그러나 나는 세상 그 누구보다
엄마를 이해할 수 없다.
아니, 이해하고 싶지도 않다.
다만 내가 바라는 건,
그녀가 내 곁에 아주 오래오래
머물러주었으면 하는 것.

그들이 사는 세상

아버지한테 화내지마
이제 늙어서 힘도 없는 사람이야
부모자식간은 서로 상식적으로 이해하고 그러는거 아니다
남남끼리나 상식적으로 대하면 끝이지,
핏줄은 그러는게 아니야
핏줄은 피로 이해하는거야
무조건 이해하고 무조건 용서해줘

내가 사는 이유

너 아프냐? 엄마가 때려서 아퍼?

아프지? 엄마가 때리니까, 아프지?

그래도 지금 이 엄마만큼은 안 아플 거다.

이 엄마 아픈 만큼은 안 아플 거야!

내가 너한테 그렇게 가르쳤어, 이놈아!

할머니 속이고 엄마 속이고 살라고 그렇게 가르쳤어?

화려한 시절

세상에 용서 못할 일은 없어.

용서를 안 하려고 하니까 안 되지,

용서하려고 그래 봐.

왜 안 돼 그게. 되지.

꽃보다 아름다워

가을됐으니 겨울되겠지
정말 언제나 한결같은건
계절하고 핏줄밖에 없는것같다~

빗물처럼

66

착하고 성실한 사람은
자식한테 상처 안 줘?
천사 같은 우리 엄마도
가끔 나한테 상처 주는데.

괜찮아 사랑이야

99

내가 그렇게 좋으면서

왜 내가 필요할 땐 날 모른 척했어?

나한테 그게 얼마나 큰 상처인 줄 알아?

엄마가 나한테 그때 잘못했다고

진지하게 말하기 전까진

절대 그거 안 잊을 거야.

빠담빠담, 그와 그녀의 심장 박동 소리

세상이 무섭다고 지레 겁먹지마라
너희 부모도 나도 즐거이 살아온 세상이다
세상은 너희의 생각보다 훨씬 더 아름답단다
겁내지마라 사랑한다

_〈부모에게 받은 최고의 유산〉 중에서

'엄마 세상에서 뭐가 젤 힘들어?'

'자식 힘든데 아무것도 해줄게 없느거'

꽃보다 아름다워

내가 애틋한 여자와 헤어진 사실을

어머니가 알면

젊어서 힘이 남아돌아

쓸데없는 짓 한다 하시겠지.

근데 어떡해, 난 젊은데.

그들이 사는 세상

이해만 하는 게 사랑이 아니야.

욕심이 날 때 욕심부리는 것도 사랑이야.

살고 싶을 땐 살자 그러고,

잡고 싶을 땐 자존심 같은 거

다 버리고 매달리는 그런 거.

욕심 없는 사랑하기엔 넌 너무 젊어.

우리가 정말 사랑했을까

부모는 하늘이고
자식은 땅바닥에 구르는 돌멩이 같을거야
자식은 열을 낳아도
부모는 하늘 아래 둘뿐이야

내가 사는 이유

네 엄마 잊지 마라.

네 엄마, 어떤 잘난 대학 교수보다도 현명한 사람이야.

뭐에도 흔들리지 않는 중심이 있어.

그 중심은 열심히 살아보겠다, 그거 한 가지야.

그걸 누가 욕해?

\# 내가 사는 이유

나는 엄마… 내가 모시고 살고 싶었어.

나는 어려서부터 지금까지 형처럼 말 잘 듣고

공부 잘하는 모범생도 아니었고,

그래서 엄마한테 효도다운 효도도 못했어.

솔직히 형이 다 잘해주는데 내가 뭐

엄마한테 새삼스럽게 해줄 것도 없었고….

그래서 형 나중에 외교관 되면 외국 나가서 살 테니까

그럼 엄마랑 할머니 내가 모실 수 있으니까

그때 잘해주면 되겠구나 싶었어.

그런데 엄마가 결혼하면 또 내가 해줄 게 없잖아.

그럼 나는 뭐냐? 첨부터 끝까지 엄마한텐

망나니 같은 놈인 거잖아.

형, 나 그렇게 속 좁은 망나니 아니야, 알아?

형처럼 나도 엄마 뱃속에서 나왔어.

엄마 자식이라구.

자식이면 부모한테 효도해서

이쁨 받고 싶은 건 당연한 거야, 안 그래?

화려한 시절

엄마가 죽는건 괜찮은데...
정말 그건 괜찮은데...
보고 싶을땐 어떡하지?
문득 자다가 손이라도 만지고 싶을땐
어떡하지?
그걸 어떻게 참지?

엄마의 치자꽃

엄마가 아플 때… 그랬어요.

맨날 죽고 싶다고.

난 그 말이 진심인 줄 알았어요.

그래서 참 다행이라고 생각했어요.

어차피 돌아가실 거니까…

엄마가 그런 생각하는 게 고마웠어요.

그런데 어느 날 밤

엄마가 아버지 품에 안겨서

살고 싶다고 하시는 거예요.

그 말을 듣는데… 엄마가 너무 미웠어요.

아버지가 엄말 살려주지도 못하는데,

엄마가 저런 소리 하면 아버진 어떡하나 싶어서.

그런데… 나중에 아버지가 그러시더라구요.

네 엄마는 정말 날 사랑했다.

그래서 10년 살 걸 20년 살아줬다.

난 그 긴 고통을 이겨준 네 엄마한테 참 고맙다.

고독

수술 후 엄마는 당신 자신이
새처럼 가벼워졌다고 했는데, 왜일까?
그 말을 들은 자식들의 마음은
돌처럼 무거워만졌다.
참새같이 가벼워진 엄마가
훨훨 날아가고 싶은 곳은 대체 어디였을까?

꽃보다 아름다워

정수야,
너 다 잊어버려도
엄마 얼굴도 웃음도
다 잊어버려도
네가 이 엄마 뱃속에서
나온건 잊으면 안돼

세상에서 가장 아름다운 이별

사람은 다 한 번은 죽는데

우리 엄마가 죽게 될 줄은 정말 몰랐고,

딸들은 다 도둑년이라는데

제가 이렇게 나쁜 년인지 전 몰랐어요.

지금 이 순간도 난 엄마가 얼마나 아플까보다는

엄마가 안 계시면 나는 어쩌나,

그 생각밖에 안 들어요.

엄마가 없는데 어떻게 살까… 어떻게 살까…

그 생각밖엔 안 들어요.

나 어떡해요….

세상에서 가장 아름다운 이별

때론 나를 잊고 활짝 웃어라.

그러다 내가 그리우면

잠시만 울고,

다시 힘내

오직 그 순간을 살아라.

빠담빠담, 그와 그녀의 심장 박동 소리

그날 아이처럼 웃는
엄마의 얼굴을 보며
젊디 젊은 우리 자식들은
잠시 잠깐 피곤에 지친
청춘의 한때를
쉬어가고 있었다

꽃보다 아름다워

어머니, 나 먼저 가 있을게, 빨리 와.

싸우다 정든다고 나 어머니랑 정 많이 들었네.

친정어머니 먼저 가시고

애들 애비 공부한다고 객지 생활할 때,

애들도 없고 외롭고 그럴 때도

어머닌 내 옆에 있었는데….

나 밉다고 해도 가끔 나한테

당신이 좋아하시는 거 아꼈다가 주곤 하셨는데….

어머니, 이제 기억 하나도 안 나지?

어머니, 아까 미안해요. 내 맘 알죠?

이런 말 하는 거 아닌데…

정신 드실 때 혀라도 깨물어 나 따라와요.

아범이랑 애들 고생시키지 말고.

기다릴게. 아이고…… 어머니.

세상에서 가장 아름다운 이별

그날 이후 우리는

엄마가 우릴 알아보지 못하는 것에

더 이상 맘 아파하지 않았다.

이제 우린 그녀가 우리 옆에 있는 것,
그것만으로도 감사할 수 있었다.

꽃보다 아름다워

어머니
당신이 있어
정말 행복한
인생이었습니다

꽃보다 아름다워

훗날 미수가 말했다.

사랑하는 사람과 입 맞추고, 포옹하고,

데이트하는 즐거움도 컸지만,

엄마와 형제들과 신나게 장난치며 웃고 떠들던

그 즐거움도 참으로 큰 것이었다고.

꽃보다 아름다워

"

신나게 사랑해라. 청춘도 한때다.

꽃보다 아름다워

"

참 묘하다
살아서는 어머니가 그냥 어머니더니.
그 이상은 아니더니.
돌아가시고 나니 그녀가
내 인생의 전부였다는 생각이 든다
그래도 그녀 없이
세상이 살아지니 참 묘하다

나는 바란다
내세에 다시 그녀를 만난다면.
다시 그녀의 양내딸이 된다면.
더 바랄것이 없겠다

_〈부모도 자식의 한이 되더라〉 중에서

너나 나나
외로운 인생이다

나는 한때 내 성장과정에 회의를 품은 적도 있었지만,
지금은 아니다
내가 만약 가난을 몰랐다면
인생의 고단을 어찌 알았겠는가
내가 만약 범생이였다면
낙오자들의 울분을 어찌 말할수 있었겠으며,
실패뒤에 어찌 살아남을수 있었겠는가

나는 작가에겐 아픈 기억이 많을수록 좋단 생각이다
아니, 작가가 아니더라도
그 누구에게나 아픈 기억은 필요하다
내가 아파야 남의 아픔을 알 수 있고,
패배해야 패배자의 마음을 달랠수 있기때문이다

_〈아픔의 기억은 많을수록 좋다〉 중에서

지랄… 외로워서 그랬다고?

나는 그럼…… 신나서,

신나서 너만 보고 살았냐?

말이 돼야 말을 하지, 내가.

유행가가 되리

이 동네 사람들 웃기지?
지들도 쥐뿔도 없어서
남한테 손가락질 받고 살면서…
주제에 또 우리보단 낫다고 생각하는 거.

우리 나중에 내세에 가면 복 받고 살 거다.
우린 우리가 맨 밑바닥이라고 생각하니까
남을 업신여기지 않잖아.
세상에서 제일 큰 죄가
남 업신여기는 죈데,
그 죄는 안 짓잖아.

내가 사는 이유

너나 나나
외로운 인생들이다
배운거 없고
가진거 없이 살려니
독해지기만하고...
엄마려니하고
힘들면 찾아와
물도 정들면
피보다 진하드라

세리와 수지

그래 봤자야.

당신은 이미 나한테 꼬리 잡혔어.

나 없인 살지도 못하면서….

우리를 행복하게 하는 몇 가지 질문

정말 끝내자고 이러는 거야?
아니면 애들 사랑싸움처럼
좋다, 싫다 하면서 줄다리기하는 건데
내가 말려드는 거야?

내가 빌어도 안 돼?

그래…… 지내볼게.
그런데 지내보고도…
내가 안 괜찮음
그땐 너 죽었어, 이 나쁜 새끼야.

그들이 사는 세상

진짜 쿨한건
진짜 쿨할수 없단걸 아는게
진짜 쿨한거야

굿바이 솔로

"

젊은데 뭘 못해!
실패하면 까짓것 툭툭 털고
다시 일어서면 그뿐이지.

화려한 시절

"

야, 이 속없는 놈아!

너 언제 철들래?

엄마랑 할머닌 두부가게 하며 너 키우고,

형은 고시 준비하면서도 돈 벌겠다고

금쪽같은 시간 내서 과외 하는데… 뭐라구?

뽀다구 나는 일 아니면 안 한다구?

나 너같이 이기적이고 철 안 든 놈 필요 없다.

식구들 피 빨아먹으며 인생 거저 살면 좋냐?

네 말대로 남자가 그러는 거,

쪽팔리지 않아?

화려한 시절

지금 이 순간
네가 내 전부고
지금 이 순간
너만을 사랑하고
지금 이 순간
미치게 사랑한다고 해야지
왜 건방지게
영원히를 앞에 붙여

굿바이 솔로

나한테 한 행동 다 동정이었어요?

그래서 내가 그쪽한테 입 맞춘 걸

지금 내가 사과해야 되는 거예요? 미안하다고?

내가 그쪽을 좋아한 걸 왜 사과해야 돼요?

남자가 여자 좋아한 게 뭐가 문젠데!

만약 사과를 하려면 그쪽이 해야지!

나는 그쪽이 좋은데 그쪽은 내가 싫으니까,

싫어해서 미안하다고…

그쪽이 사과해야 되는 거 아니에요?

빠담빠담, 그와 그녀의 심장 박동 소리

내가 옛날에 진짜 괜찮은 집 애를 만난 적이 있어.

집안 좋고 부모 형제 사이좋고.

그때 알았지.

너무 맑고 순수하고 긍정적이기만 하니까

무지… 지루하더라고.

사람이 인생의 쓴맛 단맛을 알아야

성숙해지고 연애도 재밌지.

단맛만 아는 애… 진짜 매력 없어.

괜찮아 사랑이야

너는 네가 네 속을 봄아, 그게 문제야
너 느끼는대로, 마음닿는대로 살아
그래도 괜찮아, 네 나이에는.
뭘 그렇게 재냐?

내가 사는 이유

너 세상에 사람 마음대로 안 되는 일이
몇 종류가 있는 줄 아나?
세 종류가 있다.
돈 버는 거,
사람 미운 거,
사람 좋아하는 거.

우리가 정말 사랑했을까

힘든 과거도
불안한 미래도 생각하지 말자.
우리에겐 오직 이 순간만 있다.
내일은 내일.
오직 이 순간은… 신나게!

빠담빠담. 그와 그녀이 심장 바동 소리

아이에서 어른이 된다는건
자신이 배신당하고
상처받는 존재에서
배신을 하고 상처를 주는
존재인걸 알아채는것이다

그들이 사는 세상

사랑하는 사람과 둘이 있어서 마냥 행복한 사람,

사랑하지만 여전히 혼자인 것처럼 외로운 사람,

한 번도 사랑받지 못해 힘들기만 한 사람,

그렇게 사랑에 연연하는 한

우리는 아직 모두 어린아이다.

그 누구에게도 연연하지 않을 때,

우린 아마도 진짜 어른이 되리라.

굿바이 솔로

사람들은 사랑을 하지 못할 때는
사랑하고 싶어서,
사랑을 할 때는
그 사랑이 깨질까 봐
늘 초조하고 불안하다.
그래서 지금 이 순간,
사랑하는 사람이 옆에 있어도
우리는 어리석게 외롭다.

\# 굿바이 솔로

지금 나때문에 울어요?
나때문에 누가 우는거 처음 봐요
나때문에 울어주는 사람도 있구나

바보 같은 사랑

거짓말에 대해서 물었지?

거짓말을 한 게 나쁘냐고.

나는 네 얘기 듣고 이런 생각을 했다.

거짓말은 처음부터 없다.

진실도 없다.

아니, 어쩌면 거짓말을 하는 사람도

가끔은 누구 한 사람에게는 진실을 말할 거다.

우리가 정말 사랑했을까

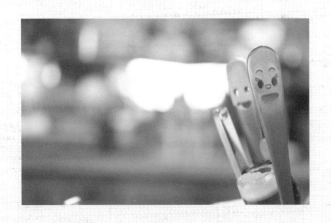

난 거짓말쟁이지만
당신은 나하곤 다르니까,
나는 당신 그런 게 좋았으니까…
그래라, 당신이라도 거짓말하지 말고 살아.

바보 같은 사랑

어머니가 말씀하셨다
산다는건
늘 뒤통수를 맞는거라고
인생이란놈은
참으로 어처구니가 없어서
절대로 우리가 알게
앞통수를 치는 법은 없다고
나만 아니라, 누구나 뒤통수를 맞는거라고
그러니 억울해말라고, 그러니 다 별일아니라고
하지만 그건
육십인생을 산 어머니 말씀이고
아직 너무도 젊은 우리는
모든게 다 별일이다—

그들이 사는 세상

엄마… 나는 안 그럴래.

사랑하다 사랑하는 사람이 떠나면

아, 떠났구나 할래.

지나간 사랑은 그냥 지나가게 놔둘래.

이미 끝난 걸 안 끝났다고 우기면서…

그렇게는 정말 살기 싫어.

굿바이 솔로

살면서 젤 힘든 게 뭔 줄 아니?

가난? 아니야.

제 맘 가는 대로 못 사는 거야.

네 맘 가는 대로 살아.

사랑하는 여자랑 사랑하면서….

우리가 정말 사랑했을까

자식이 부모한테 받은걸
다 돌려줄순 없어
물이 아래로 흐르는것 처럼
어쩔수 없는거야
난 그렇게 생각해
사람들이 결혼 하는건
자기가 부모한테 받은걸
주체할수 없어서
털어놓을 델 찾는거라고
그래서 자식을 낳는거라고

\# 세상에서 가장 아름다운 이별

나 엄마 자식이야.

근데 왜 엄마가 내 눈칠 봐?

제발 그러지 마.

옛날처럼 내가 소리 지르면,

이 못된 자식 어디서 엄마한테 소릴 질러!

막 이렇게 날 때리란 말이야.

그래… 그렇게 웃어.

웃으니까 얼마나 이뻐.

화려한 시절

"

그동안 너 많이 외로웠겠다…….
이제…… 외롭지 마라.
내가 네 맘 다 아니까.

괜찮아 사랑이야

"

세상에 나를 전부 이해해줄 사람이
단 한사람만이라도 있으면
참 좋겠다

굿바이 솔로

옛날에 엄마 도망갔다고
애들이 다 너 따돌리고
우리 엄마도 너랑 놀지 말라 그래도,
난 너랑 놀았어.
왜? 친구니까.
너 어릴 때부터 과자 있으면 혼자 먹었지?
난 과자 있으면 너랑 나눠 먹었어.
왜? 친구니까.

\# 우리가 정말 사랑했을까

나 진짜 너 많이 사랑해.

내가 널 사랑하면서 알게 된 게 있지.

세상에서 제일 섹시한 관계가

바로 남녀 간의 우정이라는 거.

괜찮아 사랑이야

사는데 꼭 거창한 이유가 있어야돼?
살아야할 이유는 없어도
아침에 눈 떠지니까 살고
숨 쉬어지니까 사는거지
나, 살아있으니까 살고싶다

그 겨울 바람이 분다

일을 하는 관계에서 설렘을 오래 유지시키려면
권력의 관계가 없다는 걸 깨달아야 한다.
서로가 서로에게 강자이거나 약자가 아닌,
오직 함께 일을 해나가는 동료임을 알 때,
설렘은 지속될 수 있다.
그리고 때론 설렘이 무너지고,
두려움으로 변질되는 것조차
과정임을 아는 것도 중요한 일이다.

그들이 사는 세상

인생 별거 아냐.

너나 나만 그런 거 아니고, 남들도 다 그래.

인생이 별거라고 으스대는 놈들이 있다면,

그건…… 인생을 모르는 거고.

\# 유행가가 되리

젊어선 모르겠더니,
나이가 드니까 참 좋은게 많아
욕심 부릴게 뭐고,
안부릴게 뭔지 알게 되지...

화려한 시절

우린 남에게보다 늘 자신에게 더 가혹하다.
당연히 힘든 일인데 자신을 바보 같다고
미쳤다고 미워하고,
남들도 욕한 나를 내가 한 번 더 욕하고,
그것도 모자라 누군가는 가슴에,
누군가는 몸에 문신을 새기기도 한다.
그렇게 자신을 괴롭히면서
우리가 얻으려 하는 건 대체 뭘까?
사랑? 이해? 아니면 죄책감에서 벗어나는 것?

\# 굿바이 솔로

세상 사람들 다 날 욕해도

난 내가 이 모양 이 꼴로 산 거

미련해서 어쩔 수 없었다고 이해해주고 싶다.

나라도 날 이해하지 않으면

너무 안됐잖아, 내가.

그 겨울 바람이 분다

사랑하는 사람에게
해줄수있는
가장 착한 일은
스스로 행복해하는거야
그러니까 행복해야돼

꽃보다 아름다워

뉴욕에서 돌아와 신림동 쪽에 하숙을 할 때였어.

공부하다 보면 밤 열두 시쯤 늘 배가 고팠는데,

그럼 집 앞에 호떡가게로 갔어.

작은 천막을 쳐놓고 여자가 그 안에서 호떡을 구웠어.

옆엔 보행기에 누워 있는 젖먹이 아이가 있었고

팔이 없는 늙은 남자가 항상 있었어. 아버진 줄 알았어.

그런데 어느 날 그 여자가 늙은 남자에게 이렇게 말하는 거야.

여보, 거기 잔 돈 좀 줘요.

두 사람은 부녀 사이가 아니라 부부였던 거야.

어느 날인가 건널목을 건너려고 서 있었는데

맞은편에 그 여자가 있었어, 목발을 짚고.

늘 마차 안에 있어서 허리 아래는 볼 수가 없었지.

그 여잔 한쪽 다리가 없었던 거야.

사람들은 말했어. 상처가 있으니까 만났구나….

그런데 난 그렇게 생각하지 않아.

상처가 있기 때문에, 허물이 있기 때문에,

그렇게 무엇 무엇 때문에 두 사람이 만난 게 아니라

두 사람은 그냥 사랑한 거 아닐까?

사랑해서 만난 걸 거야. 다른 이유 하나 없이.

우리가 정말 사랑했을까

"

내가 원하는 걸 하는 게 사랑이 아냐.
그가 원하는 걸 해주는 거, 그게 사랑이지.

굿바이 솔로

"

그누구도 , 친구 아니라 부모와 형제도
나 자신만큼 소중할순 없고 ,
목숨을 담보로
재물을 담보로
그어떤것을 담보로
의리를 요구하는 친구는
친구가 아니다―

늘 친구의 편에 선다는 것이
반드시 옳진 않다
주고도 바라지 않기란
참으로 힘이 든다
살다보면_ 친구를 외롭고
괴롭게 버려둘때가
허다하게 많다
그럼에도 불구하고_
친구가 되는것이 친구다

_〈친구들에 대한 몇 가지 편견들〉 중에서

당신은 한순간도

혼자였던 적이

없습니다

내 오랜 친구들이여,
내 안의 살벌함을
내 안의 이기심을
내 안의 모자람을
내 안의 이중성을
부디
이해해주십시오
그러나 이해했다고 해서
멈추라고는 말아주십시오
한발 더 가라 해주십시오
한번 더 행동하라
해주십시오
남에게 하던 말을
자신에게 돌리라 해주십시오

_⟨다시 가슴이 먹먹해집니다⟩ 중에서

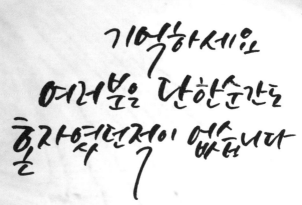

기억하세요
여러분은 단 한 순간도
혼자였던적이 없습니다

괜찮아 사랑이야

아무리 고통스러워도

한 사람을 살릴 수만 있다면,

그 사람에게 살고자 하는

희망을 줄 수 있다면,

우린 감당해야 돼.

세상에 목숨보다 소중한 건 없거든.

우리가 정말 사랑했을까

원래 나무를 잘 타는 원숭이도

나무에서 떨어질 때가 있는 법입니다.

하지만 그 원숭이가 나무에서 떨어졌다고 해서

너는 이제부터 나무를 못 타는 원숭이다,

그렇게는 말할 수가 없어요.

그냥 실수했다, 그렇게 말하면 모를까.

화려한 시절

인생 팔홉이란 말이 있다
무슨 뜻인지 아니?
인생은 만땅이 없다는 소리야!
늘 두홉정도 모자란
팔홉이라는 소리지
늘 모자라는거 같은데 인생이야
욕심부리지마

사랑도 욕심부려서 되는건 아냐
어차피 인생 팔홉인데,
욕심대로 채워지겠니?

내가 사는 이유

사람이 죽으면 반드시 가야 하는 산이 있대.

그 산엔 커다란 나무 하나가 있는데, 그 나무엔 세상 모든 사람의

이름이 쓰여 있는 쪽지가 열매처럼 걸려 있대. 그 나무 옆엔

저승사자가 있고, 죽어서 그 나무를 만나러 오는 사람들에게 이렇게 말한대.

지금껏 네가 부러워했던,

네가 바라던 삶을 사는 사람의

이름이 적힌 쪽지를 골라 읽어라.

읽고 나서도 그 사람이 부러우면,

그 쪽지를 가지고 산을 내려가라.

그럼 너는 다시 태어나 그의 인생을 살게 될 것이다.

그 쪽지엔 그들의 삶이 낱낱이 적혀 있지.

하지만 정작 그 쪽지를 읽은 사람들은……

그렇게 부러워했던 다른 사람의 삶을 선택하지 않고,

결국 자기 이름이 쓰여 있는 쪽지를 선택해서 내려가.

내 삶만 힘들다고 징징대다가 남이 어떻게 사는지 알게 되면……

아, 차라리 내가 낫구나, 인생 다 그런 거구나…… 그런 생각이 드는 거지.

그래서 누구나 인생은 감사해야 하는 거야. 투정하지 말고.

굿바이 솔로

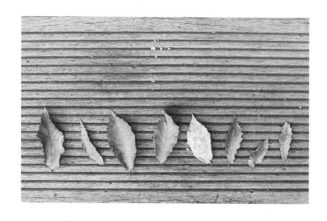

"

너는 사람을 안 믿는다고 했나?
사람들이 너한테 아무런 믿음도 안 줬다고?
믿음을 주는데 네가 안 받은 건 아니고?

굿바이 솔로

"

아픈 사람 챙기는데
절대 안해야될게 몇가지 있는거 알지?
절대 먼저 자지마라
아무리 몸이 고돼도
언제나 그 사람보다 나중에 자고,
언제나 먼저 일어나라
또 절대. 그 사람앞에선
약해지지마라

고독

"대체 나한테 뭘 원해?"

　　:

"살고 싶단 말,
살아야겠단 의지!"

그 겨울 바람이 분다

아주 오래전 영국에서 실제로 있었던 일이야.

두 시인이 결혼해서 아주 행복하게 살았어.

쓰고 싶은 시도 많이 쓰고, 서로 사랑했으니까.

그런데 어느 날 남편이 암에 걸린 거야.

그땐 약도 지금보다 좋지 않을 때니까,

암에 걸리면 초기든 말기든 손을 쓸 수 없었지.

남편은 생각했어. 차라리 다행이라고.

아내를 너무 사랑하니까, 나중에 늙어서 아내가 죽는 걸 보느니

차라리 자기가 먼저 죽는 게 낫다고 생각한 거야.

그런데… 어느 날 그는 다시 생각했어.

아내도 나만큼 나를 사랑한다,

그렇다면 아내가 내 죽음을 보는 것도 힘들지 않을까.

그는 자신의 죽음으로 아내가 고통스러워할 거란 생각에 맘을 다잡았어.

죽지 말자, 아내를 고통스럽게 만들지 말자….

두 사람 모두 오래 살았어.

남자가 병에 걸린 게 삼십 대였는데 칠십 넘게 살았으니까.

치료는 의사만이 하는 게 아니란 걸 그 얘길 듣고부터 알았지.

우리가 정말 사랑했을까

몸도 마음도
힘든 일이 생길땐
내가 크려나보다
내가 아직 작아서
크려고 이렇게 아픈가보다
그렇게 생각해

꽃보다 아름다워

젊다는 건 좋은 일이야.

두려움이 없지. 무서운 게 없어.

바보 같은 소리지만,

그때로 다시 갈 수 있었으면 좋겠다.

그래서 다시 시작하면….

슬픈 유혹

어느 집안을 들여다봐도,
모든 게 다 편안한 집안은 없어.
지금 네가 힘들다는 거 알지만,
너만 그런 거 아냐.
살면시 반드시 겪어야 될 일을
겪을 뿐이다, 그렇게 생각해.

\# 고독

멀쩡 도끼에 발등 찍힌다고 하지만
찍힐게 의심나 도끼를 버리는 사람은
어리석은 사람이다
설사 찍히더라도 도끼를 믿어라
그래야만 장작을 팰수있다
믿어라~

거짓말

사람이 죽으면

천당 가고 지옥 가고 그런다잖아.

근데 아무리 나쁘고 악한 사람도

백 명이 진심으로 울어주면 천당 간다더라.

그런데 그 전에 또 이런 말이 있어,

나는 누구를 위해

과연 진심으로

백 번을 울어줬는가?

기적

기적은 있어.

네가 나한테 단 한순간도

천사가 아닌 적이 없었던 것처럼.

지나간 모든 시간,

나한테는 단 한순간도

기적이 아닌 적은 없었어.

빠담빠담, 그와 그녀의 심장 박동 소리

내가 순리를 거슬렀다 싶다
자식 이기는 부모 없다고 했는데,
우리 어머니도
나한테 무수히 져주고 사셨는데,
나는 왜 그걸 못하고
니들을 이겨먹으려 했는지…
부모는 부모 할 도리가 있고,
자식은 또 자식대로 갈 길이 있는데
그걸 모르고 내 욕심대로,
자식을 내 맘대로 하려고 했으니…

화려한 시절

사막에서는 밤에 낙타를 나무에 묶어둬.

아침에 끈을 풀어줘도

낙타는 도망가지 않아.

나무에 묶여 있던 밤을 기억하거든.

우리가 지나간 상처를 기억하듯

과거의 상처가 현재

우리의 발목을 잡는다는 얘기지.

괜찮아 사랑이야

사람 맘 참 간사하다.

딴사람들이 나 같지 않았을 때는

그게 그렇게 맘에 안 들고 기분이 더럽더니,

또 나 같은 사람을 봐도

맘에 안 들긴 역시 마찬가지네.

내가 사는 이유

어차피 사람이란게 한번 살지
두번 사는거 아니다
그것만 명심하면
세상에
안될게없어

꽃보다 아름다워

세상이 맘에 안 들어? 그럼 네가 바꿔.

젊은데 가능한 일 아니야?

어렵게 생각해서 좋을 게 뭐 있는데?

너처럼 심각하게 생각한다고

세상이 변하는 것도 아닌데….

화려한 시절

살면서 제일 웃기는 생각이
뭔 줄 아냐? 나만 힘들다야.
뭐가 힘들어. 죽을 만큼 힘들어?
그럼 죽으면 될 거 아냐?
못 죽겠어? 그럼 살아!
죽을 용기 없으면 투정 부리지 말고 살라고.

내가 사는 이유

우리는 끊임없이
이해받기위해
인정받기위해 살아간다
때로는 가족들에게,
때로는 오랜 친구들에게,
때로는 이미 지나간
애인에게 조차도
그러나 정작 우리가
이해받고 인정 받고 싶은건
어쩌면 그 누구도 아닌
나 자신이 아니었을까

굿바이 솔로

사람들은 저마다 삶의 의미를 찾고 싶어 한다.

마치 삶의 의미가 없는 사람은 살아갈 가치도 없는 것처럼.

그래서 누구는 자신의 삶의 의미를 찾기 위해

결코 믿을 수 없는, 흔해빠질 대로 흔해빠진,

시간 가면 기억도 못할 값어치 없는 사랑에

하나뿐인 제 목숨을 걸기도 하고,

또 누구는 한순간 물거품처럼 사라질

하찮은 순간의 욕망에

허무하게 제 인생을 전부 걸기도 한다.

그 겨울 바람이 분다

사람이 비처럼, 물처럼
흐를 수만 있다면
가슴에 맺힐 것 아무것도 없겠네.

빗물처럼

육십 평생 고단하게 살아옴 됐어
더는 뭐할 생각말고, 쉬어
30년 고단하게 일했는데
그 피곤이 하루아침에 풀릴까
쉬어요, 당신 너무 고단했잖아
그냥, 게으르게, 쉬어

유행가가 되리

여자가 이 나이쯤 되면

남자가 필요한 게 아니라

친구가 필요한 거예요.

남자들은 젊어서는 친구고

늙어서는 부인이겠지만

여자는 그 반대예요.

젊어서는 남자, 늙어서는 친구.

우리가 정말 사랑했을까

첫사랑은 처음이란 뜻밖에 없는 건데,
텔레비전 보면 온통 첫사랑 땜에 목매는 거
비현실적이라 싫어.
두 번 세 번 사랑한 사람들을
헤퍼 보이게 하잖아.
성숙해질 뿐인데.

굿바이 솔로

흔들렸다 바로 섰다
흔들렸다 바로 섰다 하는게
인생이에요

굿바이 솔로

왜 우리는 과거는 과거일 뿐이라고
생각하지 못할까?
그래서 왜 이 순간의 행복을
끝없이 방해받을까?

굿바이 솔로

지금 내 옆의 동지가 한순간에 적이 되는 때가 있다.

그리고 그 적은 언제든 다시 동지가 될 수 있다.

그건 별로 어려운 일은 아니다.

그런데 이때 기대는 금물이다.

그리고 진짜 중요한 건

지금 그 상대가 적이다, 동지다

쉽게 단정 짓지 않는 것이다.

그리고 한 번쯤은 진지하게

상대가 아닌 자신에게 물어볼 일이다.

나는 누구의 적이었던 적은 없는지.

그들이 사는 세상

오직 지금 이 순간이
기적을 만드는 열쇠일지도 몰라
지금 이 순간
네가 원하는걸 해
나중은 없어
오직, 지금 이 순간!

빠담빠담. 그와 그녀의 심장 박동 소리

어제 좋은 일 있었으면 어제 웃었겠죠.

오늘까지 웃겠어요?

난 복잡하게 안 살아요.

지금 웃는 건…

지금이 좋아서.

빠담빠담, 그와 그녀의 심장 박동 소리

옛날 어떤 마을에 깊고 깊은 동굴이 하나 있었어.

그 동굴에는 천년 동안 단 한 번도

빛이 든 적이 없었지.

천년의 어둠이 쌓인 깊은 동굴….

사람들은 그 어둠을 무척이나 두려워했지.

지금의 너처럼.

사람들은 모두 천년의 어둠을 걷어내기 위해,

천년의 시간이 걸릴 거라고 생각했어.

하지만 빛이 드는 건,

지금처럼… 한순간이야.

괜찮아 사랑이야

사람이 사람한테 해줄수 있는건
용서가 아니라, 위로야

그 겨울 바람이 분다

나는 그 말만은 해야 했다.
상처뿐인 세상에서 인생 별거 아니라고,
그냥 살아지면 살아지는 게
인생이라고 생각한 나에게,
그래도 너는…
내가 인간답게 살아볼 마지막 이유였는데,
나도 너에게 그럴 수는 없느냐고….
이 허무한 세상,
네가 살아갈 마지막 이유가 나일 수는…
정말 없는 거냐고.

그 겨울 바람이 분다

"

난 당신을 만지고 싶었던 게 아니야!
사랑하자고 한 거야!
외로우니까… 위로하자고 했던 것뿐이야!

슬픈 유혹

"

저는 그동안 남에게는
괜찮냐, 안부도 묻고
잘자란 굿나잇 인사를
수없이 했지만
정작 저 자신에겐
단 한번도
한적이 없거든요

여러분들도 오늘밤은
다른 사람이 아닌
자신에게
너 정말 괜찮으냐,
안부를 물어주고
따뜻한 굿나잇 인사
하시면 좋겠습니다

그럼
오늘밤도
굿나잇, 장재연

괜찮아 사랑이야

나는 내아이를 낳는다면
그 아이에게 이렇게 가르칠것이다

언제나 소수의 편에 서라
너와 다른 사람을 인정해라
소외된 사람에게 등 돌리지마라
그리고 혹 네가 소수에 끼는 사람이 되더라도
소외받는 사람이 되더라도 좌절하지 마라

_〈슬픈 유혹을 끝내놓고〉 중에서

사랑은 또…

온다

내가 아는 한 여자.
그 여잔 매번 사랑할때마다 목숨을 걸었다
처음엔 자신의 시간을 온통 그에게 내어주었고
그 다음엔 웃음을, 미래를, 몸을, 정신을 주었다
나는 무모하다 생각했다
그녀가 그렇게 모든걸 내어주고 어찌 버틸까 염려스러웠다
그런데, 그렇게 저를 다주고도 그녀는 쓰러지지 않고
오늘도 해맑게 웃으며 연애를 한다
나보다 충만하게

그리고 내게 하는 말
나를 버리니 그가 오더라
그녀는 자신을 버리고 사랑을 얻었는데,
나는 나를 지키느라 나이만 먹었다

사랑하지 않는 자는 모두 유죄다
자신에게 사랑받을 대상 하나를 유기했으니
변명의 여지가 없다

_〈지금 사랑하지 않는 자, 모두 유죄〉 중에서

넌 사랑이 아픈 거라 그랬지?

그건 사치야. 나는 너무 아파서…

하루에도 열두 번씩 너무 아파서

이젠 더 아프기 싫어.

사랑이 네가 말한 그런 거라면,

죽을 때까지… 안 해도 좋아.

나한테 사랑은 행복이야.

그 사람과 아스팔트길을, 진창길을 걸어도

구름 위를 걷는 것처럼 편안한….

현실에 발붙이지 못해서 욕을 먹어도…

아프지만 않다면.

\# 거짓말

내가 어려서부터 아프면서 배운 게 뭔지 알아?

미련이 있으면… 나만 다친다.

그 겨울 바람이 분다

넌 그 사람이 첫사랑이니?
난 그 사람이 내 마지막 사랑이야
넌 모든것을 다 가지고있지만
난 오직 그 사람 하나뿐이야

내가 사는 이유

미안해요……

욕해도 할 수 없어요.

나도 한 번쯤 내 옆에

사랑하는 사람…

피붙이 같은 사람… 두고 싶어요.

\# 바보 같은 사랑

이게 욕심인 줄도 알고

죄 받을 일인 줄도 아는데……

한 번도 지금처럼 좋았던 적이 없어서

욕심이… 생겨요.

바보 같은 사랑

당신이 잘해야만
좋아하는 사람이라면
당신이 네네, 해야만
좋아하는 사람이라면
지금 끝내는 것도
나쁘지 않아요

굿바이 솔로

어느 날 문득 그런 생각을 했어.

사랑이 변한다면 뭘로 변할까.

미움? 증오?

그러다 그런 생각이 들더라.

사랑은 그냥 사랑이고,

미움은 그냥 미움이고,

증오는 또 그냥 증오 아닌가?

그러다 알았어.

사랑은 가만히 있는데 내 맘이 변해놓고,

그걸 사랑이 변했다고 내가 우기는구나.

변할 수도 있는데….

굿바이 솔로

넌 누굴 사랑하는 게 겁나지?

사랑이 널 바보로 만들까 봐.

아서라, 세상은 바보 같애.

바보같이 사는 게 옳아.

\# 우리가 정말 사랑했을까

사랑은 계절 같은거야
지나가면 다시 안올것처럼 보여도
겨울가면 봄이 오듯, 사랑은 또 온다

거짓말

"

사랑하는 사람을 위해 제가 할 수 있는 일은
어떤 순간에도 절대 희망을 버리지 않는 것입니다.

괜찮아 사랑이야

"

그녀에게 나는 드라마처럼 살라고 했지만,

그래서 그녀한테는 드라마가

아름답게 사는 삶의 방식이겠지만,

솔직히 나한테 드라마는 힘든 현실에 대한 도피다.

내가 언젠가 그녀에게 그 말을 할 용기가 생길까?

아직은 자신이 없다.

그런데 오늘 불현듯,

그녀조차도 나에겐 어쩌면

현실이 아닐 수도 있겠구나 싶다.

그녀같이 아름다운 사람이,

나 같은 놈에겐 드라마 같은 환상일지도 모른다는 생각이.

아니라고 해줄래? 너는 현실이라고.

그들이 사는 세상

내가 만약 힘이 들어
당신을 포기한다고 하면
냅다 버려버려요
여자가 겁 없이 다 주는데도
포기한단 놈은
뒤도 돌아보지 말고, 버려
그런 놈은 당신한테 절대 안 어울려

빠담빠담, 그와 그녀의 심장 박동 소리

이번에 만난 사람하고는 헤어지지 마라.

오래 만나. 아주… 오래.

이 사람 만나고 저 사람 만나는 거,

남들 눈엔 화려하게 보일 수도 있지만,

너랑 나랑은 알잖아.

그런 게 얼마나… 무의미한 건지.

꽃보다 아름다워

좋을 때만, 상대가 잘해줄 때만

좋아하는 게 아니라,

비가 오나 눈이 오나,

괴로울 때나 힘이 들 때나

헤어지고 싶을 때도

다시 한 번 사랑해보려고 몸부림치는 거,

멋지지 않아요?

빠담빠담, 그와 그녀의 심장 박동 소리

아무것도 없는 사람들이
서로만 보고 살겠다고 하는게
천벌 받을 일이면, 받지뭐

바보 같은 사랑

사랑은 책임이야.

적어도 책임지려고 하는 노력이야.

그게 사랑인 거야.

책임 없는 사랑은 가벼워서

봄바람에도 날아가 바람 되고, 먼지 돼.

넌 먼지 되고 바람 될 거야.

흔적도 없이 그렇게 될 거야.

세상에서 가장 아름다운 이별

우리가 다시 보지 못한다고 해도,

무슨 상관이 있으랴.

서로의 가슴에 서로가 남겨져 있는데.

슬픈 유혹

당신이
마흔이래도 오십이래도
내가 좋아하능한
당신은 여자에요

\# 고독

"

피도 눈물도 없는 놈은 좋아하지 마.
사람이라면 피도 눈물도 있어야지.
그게 사람이지.

그 겨울 바람이 분다

"

너무 열렬히 사랑해서 결혼해도 안 돼.

너무너무 사랑한다는 거는 눈에 뭐가 씐다는 거거든.

이 씐 게 떨어지면 괴롭지.

나는 그렇게 생각해.

이 세상 어떤 일도 다 열심히 해야 되고

최선을 다해서 해야 되지만

사랑만은 적당히 해야 된다.

그래야 나중에도 퍼줄 사랑이

남아 있지 않겠어?

우리가 정말 사랑했을까

나한테 사랑은
그 사람 때문에
잠 못자고 가슴 설레고
참 많이 아플거예요
사랑이 뭔지 나도 잘 모르겠지만
그래도 내 생각에는요
사랑은 있어요

거짓말

사람들이 당신한테 욕할 게 겁나요?

그건 욕심이라고 손가락질할 게 겁나?

그럼 내가 말해줄게요.

그 여자는 욕심이 많았던 게 아니라,

나를 무척 사랑했던 거라고….

고독

나한테 사랑은 그런 거야.
철저히 그 사람 앞에선
맘놓고 초라해져도 되는 거.
잘난 척 않고, 의지해도 되는 거.

괜찮아 사랑이야

널위해 산다고?
그래, 좋지, 날위해 사는거
그치만...
그것보다 더 좋은건
사랑하는 사람을 위해 사는거야

내가 바라는 건 당신이 행복한 거예요.

그런데 당신 행복해요?

당신이 힘들어하는데,

당신이 지쳐가고 죽어가는데,

내가 어떻게 행복해?

슬픈 유혹

서로가 서로에게 강자이거나 약자라고 생각할 때,

사랑의 설렘은 물론 사랑마저 끝이 난다.

이 세상에 권력의 구조가 끼어들지 않는

순수한 관계가 과연 존재할 수 있을까?

설렘이 설렘으로만 오래도록 남아 있는

그런 관계가 과연 있기는 한 걸까?

그들이 사는 세상

세상의 모든 고독한 자
사랑으로 보상받으라!

고독

당신은 왜 이성애자가 됐습니까?

당신이 대답하지 못하는 것처럼,

나 또한 대답할 수 없는 질문입니다.

내 뜻이 아니었습니다.

지금 당신이 늙어가고

회사에서 밀려나는 게

당신 뜻이 아니었던 것처럼.

나는 남자를 사랑하는 게 아닙니다.

내가 사랑하는 사람이 남자였을 뿐입니다.

슬픈 유혹

너는 혼자 살 수 없어.

장애인이기 때문이 아니라,

우린 누구도 혼자선 아무것도 할 수 없어.

네가 있어서 내가 지금까지 산 것처럼.

\# 그 겨울 바람이 분다

사랑은 상대를 위해
뭔가를 포기하는게 아니라
뭔가를 해내는거야

괜찮아 사랑이야

"

사랑하는 거 별거 아니야.
그 사람을 있는 그대로 인정해주는 거야.

우리가 정말 사랑했을까

"

"사랑하는 사람하고 서로 눈을 못 보면…
불편하잖아요."

    ⋮

"아뇨, 단 한 번도 불편하지 않았어요.
늘 나를 보고 있는 느낌이었거든요.
온몸과 온 마음으로."

그 겨울 바람이 분다

할머니
나, 매일매일 기도해
이 세상 모든 상처받고 힘든 사람들에게
등뒤에서 안아줄 사람
단 한 사람이라도 있기를
할머니, 나는 행복해
할머니도 행복해?

굿바이 솔로

힘든 일도 천 번 만 번 오면,
기적도 천 번 만 번 오지.
그래야 공평하지.

빠담빠담, 그와 그녀의 심장 박동 소리

나는 이 세상에서
우리 할머니, 엄마를 제일 존경해.
만약 내가 훗날 잘된다면
그건 내가 잘나서가 아니라,
나 하나만 바라보고
나 하나만 위해서 사셨던
그분들 덕일 거야.

\# 화려한 시절

나는 그날 처음으로
드라마를 만들려면
드라마처럼 살라는
그의 말이 가슴에 사무쳤다
그래, 드라마처럼 못살것도 없지
끝날것같은 인생에도
드라마처럼 반전이란건 있는법이니까

그들이 사는 세상

세상 사는 가장 큰 힘은

돈도 권력도 명예도 아니야.

긍정적인 생각이야.

무슨 일이 있어도

좋게 좋게 생각하는 버릇 길러.

우리가 정말 사랑했을까

어차피 비극이 판치는 세상,
어차피 아플 대로 아픈 인생, 구질스런 청춘…
그게 삶의 본질인 줄은 이미 다 아는데
드라마에서 그걸 왜 굳이 표현하겠느냐,
희망이 아니면 그 어떤 것도 말할 가치가 없다.
드라마를 하는 사람이라면
세상이 말하는 모든 비극이
희망을 꿈꾸는 역설인 줄을 알아야 한다.

그들이 사는 세상

말은 마음을 전달하는 수단이다
오늘도 차기작품을 준비하며
내가 고민하는것은 말보다 마음이다
그런데 참 묘한게
내맘이든 그의 맘이든
들여다보려 하면 할수록
사람의 마음이 제법 아름답단거다
그래서 나는 말을 탐색하고
마음을 탐색하는
드라마작가로 사는게
더없이, 많이 행복하다

_〈드라마 작가로 사는 게 더없이 행복하다〉 중에서

노희경 작가가 풀어낸
스물두 편의 사람 풍경

1 ○   엄마의 치자꽃

노희경 작가의 방송 데뷔작으로 1996년 MBC '베스트극장'에서 방영된 단
막극이다. 위암 말기 판정을 받고 죽음을 눈앞에 둔 엄마와 딸의 절절하지만
아름다운 마지막 여행을 그린 작품으로, 2001년 연극으로 재탄생되기도 했
다. 작가가 이 작품을 떠올리며 "개인적으로 어머니가 암으로 돌아가신 탓에
애착이 가는 작품"이라고 말했을 만큼 엄마의 병을 알게 된 딸의 자책과 슬
픔, 그리고 엄마의 회한과 딸에 대한 지극한 사랑이 잘 담겨 있다.

    ○ 나문희, 양정아, 이성재

2 ○   세리와 수지

1995년 MBC '베스트극장' 극본 공모 당선작으로 노희경 작가의 등단작이
다. 〈엄마의 치자꽃〉보다 2개월 늦은 시기에 전파를 탄 이 작품에는 정 많은
늙은 작부 세리 아줌마와 앙칼지고 맹랑하지만 정을 그리워하는 술집 아가

씨 수지의 갈등이 재미있고 경쾌하게 묘사되어 있다. 이때부터 작가는 사람과 사람 사이에서, 그리고 길고도 짧은 인생에서 가장 중요한 게 사랑과 이해라는 걸 이야기한다. 밑바닥 삶을 살지라도 서로를 진심으로 위할 줄 아는 '사람'을 가졌다면 희망이 있다는 메시지가 가슴을 적시는 작품이다.

○ 사미자, 전미선

3 ○ 세상에서 가장 아름다운 이별

4부작 〈세상에서 가장 아름다운 이별〉은 노희경 작가의 이름을 세상에 알린 작품이다. 또한 1996년 MBC '창사 특집극'으로 방영된 이래 2010년 원작 소설과 대본집으로, 같은 해 연극으로, 2011년 영화로 만들어지는 등 대중 매체에서 가장 많은 사랑을 받은 작품이기도 하다. 치매에 걸린 시어머니와 무뚝뚝한 남편, 깍쟁이 딸과 재수생 아들, 사고뭉치 친정 동생 틈바구니에서 평생을 희생한 엄마가 자궁암 판정을 받은 후 죽음에 이르기까지의 이야기를 담았다. 이 작품을 보고 울지 않은 사람이 없다고 할 만큼 가슴 아픈 내용이지만, 그 속에 묘사된 엄마의 희생과 가족의 화합이 있기에 폭풍 같은 감동을 안겨주는 작품이다. 당시 엄마 역을 맡았던 배우 나문희가 "이렇게 울려도 되는 거야?"라고 항의하자 작가가 "나는 (엄마 돌아가시고) 며칠을 구르며 울었는데 그 정도는 울어야지."라고 대꾸했다는 일화도 유명하다. 노희경 작가는 이 작품으로 1997년 '백상예술대상' TV 부문 대상과 작품상을

수상하며 주목받는 작가로 떠올랐고, 당시 '젊은 여류방송작가 돌풍'의 핵심
인물이 되기도 했다.

○ 나문희, 주현, 김영옥, 이민영, 이종수, 맹상훈

4 ○　아직은 사랑할 시간

1997년 KBS '드라마스페셜'에 방영된 단막극이다. 근무 중 실수로 에이즈
에 걸린 간호사 아내와 그녀를 바라볼 수밖에 없는 남편의 이야기가 가슴 아
프게 그려져 있다. 남편을 사랑하기 때문에 아이까지 지우고 이혼을 요구하
는 아내, 그런 아내를 보며 죽음밖에 생각할 수 없는 남편의 고통스런 이야
기가 시종일관 사랑의 형태와 사람을 사랑하는 방법에 대해 고민하게 만든
다. 이 작품은 표민수 감독과 노희경 작가가 커피숍에 앉아 여섯 시간 동안
쉬지 않고 이야기를 나누며 탄생시킨 작품으로, 둘이 의기투합해 만든 첫 드
라마이기도 하다.

○ 유호정, 최수종

5 ○　내가 사는 이유

1997년 MBC에서 방영된 〈내가 사는 이유〉는 1970년대 마포 일대의 달동
네를 배경으로 서민들의 녹록지 않은 삶을 그려낸 작가 최초의 장편 드라마

(44부작)다. 〈세리와 수지〉가 그랬던 것처럼 술집 작부, 동네 깡패, 막노동 꾼, 포장마차 주인 등을 등장시켜 밑바닥 인생을 다채롭게 그려낸 작품으로, 당시 "최고의 서민 드라마"라는 찬사를 받았다. 특히 작품 속 배경과 등장인물에는 작가의 가난했던 어린 시절의 기억과 추억이 그대로 스며들어 있어 그 어떤 작품보다도 생생한 사람 냄새가 진동한다. 이 작품으로 노희경 작가는 젊은 작가로서는 최고의 칭찬인 '제2의 김수현'이라는 타이틀을 얻기도 했다.

○ 손창민, 이영애, 고두심, 김무생, 윤여정, 김영옥, 나문희, 김현주, 이민영, 김호진, 강성연

6 ○ 거짓말

1998년 KBS에서 방영된 20부작 드라마 〈거짓말〉은 작가 스스로 "방송되지 않아도 좋다. 이 글 때문에 두 번 다시 일감이 주어지지 않아도 좋다."라고 고백했을 만큼 작가 자신이 흠뻑 빠져 써내려간 작품이다. 제목의 의미는 '거짓말같이 아름다운 사랑'의 줄인 표현이다. 사랑을 믿지 않는 여자 성우, 낙천적이고 순수한 남자 준희, 그리고 빛 같고 소금 같은 그의 아내 은수의 사랑 이야기를 통해 사랑과 불륜의 경계가 무엇인지를 진지하게 다룬 드라마다. 당시 시청률은 높지 않았지만 수많은 명대사, 명장면을 남기며 '노희경 마니아'를 형성시킨 의미 있는 작품이기도 하다. 1999년 '백상예술대상'에서 TV 부문 극본상을 수상했고, 2010년 동명의 대본집이 출간되어 '읽는

드라마'라는 새로운 장을 열기도 했다.

○ 배종옥, 이성재, 유호정, 윤여정, 주현, 김상중, 추상미, 김태우

7 ○   우리가 정말 사랑했을까

1999년 MBC에서 44부작으로 방영된 이 작품은 가난에서 벗어나고 싶은 재호와 중산층 가정에서 행복하게 자란 신형의 강렬한 사랑과 욕망을 그렸다. 노희경 작가는 "이 드라마로 인생은 소중하고 아름답고 가치 있는 것임을 새삼 말하고 싶었다."고 고백하며 "결국 사랑과 용서, 이해만이 인생의 아름다움을 지켜주는 가치"라고 강조한 바 있다. 〈우리가 정말 사랑했을까〉는 당시 PC통신에서 전에 없던 인기를 끌며 조기 종영 반대와 주인공 구명 운동, 재방송 요청이 쇄도해 언론의 주목을 받았다. 또한 방송위원회에서 주는 이 달의 좋은 프로그램상을 수상했다.

○ 김혜수, 배용준, 이재룡, 윤손하, 윤여정, 주현, 김영애, 나문희, 박상민, 이나영

8 ○   슬픈 유혹

1999년 KBS 세기말 특집극으로 방영된 〈슬픈 유혹〉은 40대 문기와 20대 준영을 등장시켜 당시만 해도 파격적인 소재였던 '동성애'를 인간의 보편적인 사랑으로 풀어낸 2부작 드라마다. "난 당신을 만지고 싶었던 게 아니야!

잠자리를 하자고 한 게 아니야! 사랑하자고 한 거야! 외로우니까 위로하자고 한 것뿐이야!"라는 준영의 대사, "그 밤, 그 포옹을 누구는 욕정이라고 할 수 있겠다. 그러나 터진 그 아이의 입술에서 내가 받은 건 위로였다. 가여운 서로에 대한 안쓰러운 위로."라는 문기의 대사는 이 작품의 주제가 인간애와 소통이라는 걸 강력하게 대변하고 있다.

○ 김갑수, 김미숙, 주진모

9 ○　바보 같은 사랑

박영한 작가의 소설 《우묵배미의 사랑》을 원작으로 한 〈바보 같은 사랑〉은 2000년 KBS에서 방영된 20부작 드라마다. 당시 동 시간대에 방영되었던 드라마 〈허준〉 때문에 제대로 빛을 보지 못했지만 여러 매체와 비평가들로부터 '서민들의 삶과 사랑을 찡하게 그린 보기 드문 수작' '잊히기엔 너무도 아까운 드라마'라는 평을 받았다. 시청자들의 구미를 당기는 '보기 좋게 각색된 삶'이 아닌 구질구질하더라도 우리네 진짜 인생을 그려냈다는 게 그 이유였다. 이 작품은 2000년 민주언론운동시민연합 '올해의 좋은 방송'에 선정됐으며, 주인공이었던 배우 배종옥은 같은 해 'KBS 연기대상'에서 여자 우수상을 수상했다.

○ 이재룡, 배종옥, 김영호, 방은진, 여운계, 박원숙, 한진희, 박성미

10 ○ 빗물처럼

2000년 SBS 창사특집으로 방영된 2부작 드라마. 온몸에 입은 화상 때문에 사랑했던 남자에게 버림받고 혼자 낳은 아이를 친정에 맡긴 채 술집에서 일하는 미자. 혼수상태인 어린 자식의 고통을 덜어주기 위해 자신의 손으로 산소호흡기를 떼어낸 후 죄책감으로 하루하루를 살아가는 지인. 이 두 주인공이 만나 서로를 이해하고, 상처를 치유해가는 과정이 아름답게 그려져 있다. 드라마 마지막 장면에 삽입된 "사람이 비처럼 물처럼 흐를 수만 있다면 가슴에 맺힐 것 아무것도 없겠네."라는 글귀는 지금까지도 많은 이의 가슴에 남아 있는 말이다. 당시 작가는 미자 역의 배우 배종옥과 그녀의 연기에 남다른 애정을 드러내며, "이 작품은 오직 그녀를 염두에 두고 쓴 것"이라 전하기도 했다.

○ 배종옥, 정웅인

11 ○ 화려한 시절

〈내가 사는 이유〉에 이어 우리네 70년대를 다시 브라운관으로 불러들인 50부작 〈화려한 시절〉은 2001년 SBS에서 방영됐다. 이 작품의 주인공은 각박한 현실에도 가족이 있고 희망이 있어 행복한 사람들이다. '복고'라는 키워드에 완벽히 부합되는 장면, 즉 버스 안내양과 두부공장, 당시의 이태원 거리와 양기와집 등의 모습을 리얼하게 재현했을 뿐 아니라 젊은 네 남녀의 사랑과 방황이 잘 구성되어 있어 당시 남녀노소 모두의 호응을 받았다. 노희경 작가는 "각박한 현실 속에서 과거의 향수를 떠올리는 드라마가 사람 냄새를 전할 수 있다는 생각"으로 이 작품을 썼다고 전했으며, 작품을 함께한 배우들 역시 "노희경 작가의 작품이라면 시청자에게 감동을 줄 것이라 확신했다. 시청률보다 소중한 게 드라마가 주는 감동이다. 때문에 기꺼이 출연했다."고 말했다. 이 작품의 인기로 당시 신인배우였던 류승범과 지성, 공효진은 시청자들에게 제대로 이름을 각인시켰다.

○ 지성, 박선영, 류승범, 공효진, 김영옥, 박원숙, 박근형, 강석우, 임현식, 임예진

12 ○　고독

노희경 표 러브 스토리의 정수를 보여준 20부작 〈고독〉은 2002년 KBS에서 방영됐다. 이 작품은 딸을 홀로 키우는 마흔의 미혼모 경민과 유학 후 경민의 회사에서 일하는 스물다섯 영우의 사랑 이야기다. 다소 즉흥적이고 유쾌한 사랑이 당시 드라마의 주 내용이었던 데 반해 〈고독〉은 사랑의 본질에 대한 무수한 질문을 던지며 진지하게 답을 찾고자 했다. 특히 이 작품은 "내게 사랑은 당신을 고독하게 하지 않는 것입니다." "세상의 모든 고독한 자 사랑으로 보상 받으라!" "당신이 마흔이래도 오십이래도 내가 좋아하는 한 당신은 여자예요." 등 수많은 명대사를 남긴 작품으로 유명하다.

○ 이미숙, 류승범, 홍요섭, 서원, 주현, 김영옥, 김지영, 맹상훈, 이미경

13 ◦   꽃보다 아름다워

볼 때마다 '눈물 샤워'를 하게 만드는 노희경 작가의 명작 중의 명작, 〈꽃보다 아름다워〉(30부작)는 2004년 KBS에서 방영됐다. 바람 잘 날 없는 집안에서 미련스러우리만큼 가족 곁을 지키는 순박한 엄마가 치매에 걸리며 벌어지는 일을 그린 감동 드라마다. 치매 증상이 날로 심해지던 엄마가 마음이 아프다며, 상처에 바르는 '빨간약' 머큐로크롬을 가슴에 바르던 장면은 지금도 시청자들이 최고로 꼽는 명장면이다. 또한 "몸도 마음도 힘든 일이 생길 땐 내가 크려나 보다, 내가 아직 작아서 크려고 이렇게 아픈가 보다 그렇게 생각해."라는 엄마의 대사는 세상 모든 자식들에게 보내는 뜨거운 위로이자 사랑이다. 이 작품은 2004년 '백상예술대상'에서 TV 부문 드라마 작품상을 수상했으며, 같은 해 'KBS 연기대상'에서 노희경 작가는 작가상을, 엄마 역의 배우 고두심은 대상을, 아들 역의 김흥수는 남자 조연상을 수상했다.

◦ 고두심, 주현, 배종옥, 한고은, 김흥수, 박상면, 김명민, 김영옥, 방은희, 맹상훈, 박성미

14 ◦   유행가가 되리

2005년 KBS 창사 78주년 특집 2부작으로 만들어진 〈유행가가 되리〉는 '상해 TV 페스티벌'에서 심사위원 만장일치로 매그놀리아 대상을 수상하고, 최우수 극본상까지 거머쥔 작품이다. "인생이 괴로운 것은, 그것이 대단한 것이라는 착각에서 온다. … 포장하지 않아도 있는 그대로 모든 것이 너무도

괜찮다는 것을 알 때 삶은 더욱 유쾌해진다는 걸 보여주고 싶다."라는 기획의 말처럼, 이 드라마는 속절없는 중년 부부의 인생과 그들의 유행가 같은 일상 이야기를 잔잔하게 들려준다. 끊임없이 삶에 대한 진정성을 탐구해온 노희경 작가의 세계관이 잘 담겨 있는 작품이다.

○ 윤여정, 박근형, 연규진, 박원숙, 류태준

15 ○ 굿바이 솔로

마음속에 덜 자란 아이를 품고 있는 모든 어른들을 위한 노희경표 성장 드라마 〈굿바이 솔로〉는 2006년 KBS에서 방영된 16부작 미니시리즈다. 이 작품은 각기 다른 아픔과 상처를 안고 살아가는 일곱 명의 얽히고설킨 이야기에 추리적 요소가 더해져 흥미롭게 구성되어 있다. 또한 매회 주옥같은 명대사를 쏟아내며 시청자들의 사랑을 듬뿍 받은 작품이다. 노희경 작가는 "내가 정말 사랑하는 게 뭘까, 사랑하는 이유는 무엇일까, 나에게 정말 상처를 주었던 건 무엇이었나, 나는 사랑하는 사람한테 무엇을 바랐던 걸까?" 등등 인간에 대해 가장 궁금했던 문제들을 쓰고 싶어 이 작품을 구상했다고 한다. 이 작품은 동명의 대본집으로도 출간되어 화제를 모았다.

○ 천정명, 윤소이, 김민희, 이재룡, 배종옥, 나문희, 김남길, 장용, 정애리, 김태훈

16 ○   기적

2006년 MBC 창사 45주년 특집 4부작 〈기적〉은 유능하지만 이기적이고 속물적으로 살아온 가장이 폐암에 걸리면서 진정한 가족의 의미와 사랑의 본질을 돌아본다는 이야기다. 노희경 작가는 에세이 《지금 사랑하지 않는 자, 모두 유죄》에서 "아버지의 숨이 거칠어지던 그날은, 제가 처음으로 아버지를 소재로 쓴 〈기적〉이라는 드라마가 나가던 날이었고, 숨이 멎은 순간은 첫 회가 끝나던 시간이었습니다. 드라마로 쓴다면 너무 작위적이라 믿지도 않을 일이지요."라고 방영 당시를 회상했다. 작가가 풀어내는 삶과 죽음의 변주는 늘 드라마가 끝난 후에도 아스라한 여운을 남긴다.

○ 장용, 박원숙, 나영희, 김영옥, 사강

17 ○   우리를 행복하게 하는 몇 가지 질문

"우리는 왜 지금 불행한가? 과연 행복을 내가 만들 수 있나?"를 진지하게 묻는 데서 시작한 〈우리를 행복하게 하는 몇 가지 질문〉은 2007년 KBS에서 방영된 2부작 드라마다. 사랑이 그리운 현대인의 삶, 아내와 남편 사이의 오해, 타인과의 믿음, 사랑하는 사람끼리 지켜야 할 예의, 자신을 알지 못하고 남 탓만 하며 사는 우리들의 일그러진 모습 등이 옴니버스 형식으로 전개된다. 특히 이 작품은 노희경 작가를 비롯한 열두 명의 작가와 세 명의 연출가가 개런티 전액을 국제구호기금에 내놓는 재능기부로 만든 것이라 더욱 뜻

깊다. 노희경 작가는 시사회에서 "스크린을 통해 화면이 흘러나올 때 7, 8년 만에 울 것만 같았다."며 의미 있는 작업에 대한 벅찬 감정을 숨기지 않았다.

　○ 배종옥, 김남길, 윤소이, 김여진, 주현, 김자옥, 김창완, 박신혜, 이태성

18 ○　그들이 사는 세상

2008년 KBS에서 방영된 16부작 미니시리즈. 드라마국 사람들의 일과 사랑, 우정, 삶의 고민 등을 치밀하게 그려낸 작품이다. 한 편의 드라마를 만들기 위해 고군분투하는 드라마 PD 지오와 준영의 사랑과 열정은 물론, 현장에서 땀 흘리는 스태프들의 일상을 리얼하고도 흥미롭게 그렸다. 더불어 "아이에서 어른이 된다는 건 자신이 배신당하고 상처받는 존재에서 배신을 하고 상처를 주는 존재인 걸 알아채는 것이다." 등의 수많은 명대사로 보는 이들의 감성지수를 한껏 끌어올린 작품이다. 2009년 출간된 동명의 대본집은 지금까지도 예술 분야 베스트셀러에 이름을 올리고 있다.

　○ 송혜교, 현빈, 배종옥, 김갑수, 엄기준, 김여진, 윤여정, 김자옥, 최다니엘, 나문희, 나영희

19 ○　빨강사탕

2010년 KBS '드라마 스페셜'로 방영된 〈빨강사탕〉은 중년의 유부남과 슬픈 가족사를 안고 사는 젊은 여인의 짧지만 강렬한 사랑을 다루고 있다. 완벽한

환상에 가깝던 재박과 유희의 사랑은 소문과 오해, 억측으로 서서히 무너져 내리고, 그 속에서 다시금 삶의 비루함이 고개를 든다. 그 담담한 정서가 마치 한 폭의 수채화 같다는 평도 있었지만 반대로 불륜을 미화했다는 평도 있었다. 그러나 작가는 "그들에게는 사랑인데 주위에서 일방적인 잣대로 손가락질하고 난도질하는 것이 얼마나 극악한 것인가를 꼬집고 싶었다."며 집필 의도의 진정성을 밝혔다.

◦ 이재룡, 박시연, 김여진

20 ◦ 빠담빠담… 그와 그녀의 심장박동 소리

2011년 JTBC에서 방영된 20부작 드라마 〈빠담빠담… 그와 그녀의 심장박동 소리〉는 '기적은 있는 것일까, 없는 것일까? 만약 있다면 누가 주는 것일까? 신이 주는 것일까?'라는 물음에서 시작된 노희경 작가의 첫 멜로 판타지물이다. 살인 누명을 쓰고 16년 만에 출소한 강칠, 지극히 현실적이고 이기적인 동물병원 수의사 지나, 그리고 이 둘의 사랑과 운명을 지켜주려는 인간적인 천사 국수의 아름다운 이야기가 담겼다. 작가는 이 작품을 통해 기적이란 거창한 것이 아니라 우리 주변에서 늘 일어나는 일이고, 그 기적을 만들어내는 힘은 바로 사랑과 이해라는 걸 다시 한 번 강조한다. 2012년 동명의 대본집이 출간됐다.

◦ 정우성, 한지민, 김범, 나문희, 장항선, 이재우, 김민경

21 ○   그 겨울, 바람이 분다

2013년 SBS에서 방영된 미니시리즈 〈그 겨울, 바람이 분다〉는 살아야 할
이유가 없는 두 남녀, 오수와 오영의 가슴 절절한 사랑 이야기를 한겨울 눈
보라처럼 차고 아름답게 그려낸 16부작 드라마다. 원작인 일본 드라마 〈사
랑 따윈 필요 없어, 여름〉의 스토리를 따라가면서도 노희경 작가 특유의 인
간을 바라보는 따뜻한 시선과 한 줄 한 줄 가슴에 찍히는 명대사로 시청자
들의 가슴을 뜨겁게 만들었다. 특히 신파적일 수 있는 이야기를 인간의 이야
기, 삶의 이야기, 그리고 치유와 화해의 이야기로 탈바꿈시켜 "역시 노희경!"
이라는 찬사를 받았다. 작품의 두 주인공 송혜교와 조인성은 같은 해 'SBS
연기대상'에서 여자 최우수상과 특별상을 나란히 수상했고, 연출을 맡은 김
규태 PD 역시 같은 해 '백상예술대상'에서 TV 연출상을 받았다. 동명의 대
본집도 출간됐다.

○ 조인성, 송혜교, 김범, 정은지, 배종옥, 김태우, 서효림, 김규철

22 ○   괜찮아 사랑이야

정신과 의학 드라마를 유쾌하고 따뜻한 로맨틱 코미디의 그릇에 담아낸 〈괜
찮아 사랑이야〉는 2014년 SBS에서 방영된 16부작 미니시리즈다. '따뜻한
토닥임' 돌풍을 일으킨 이 작품은 인간에 대한 연민과 사랑, 이해와 희망 같
은 뜨거운 단어들을 쏟아내며 시청자들을 사로잡았다. 잘나가는 베스트셀

러 작가에 외모까지 출중한 재열과 시크하지만 인간적인 매력을 지닌 정신과 의사 해수의 가슴 설레는 사랑 이야기를 중심으로 매회 마음의 병을 앓고 있는 환자들의 아픈 사연이 소개된다. 그 사연들은 처음에는 어색하고 당황스럽지만 회를 거듭할수록 뭉클한 감동으로 밀려오는데, '나만 힘든 게 아니었구나, 너도 힘들었구나. 나만 외로운 게 아니었구나, 사람이란 게 원래 그렇게 외로운 것이었구나.'라는 깨달음을 주기 때문이다. 2014년 'SBS 연기대상'에서 해수 역의 공효진이 미니시리즈 부문 최우수 연기상을, 재열 역의 조인성이 10대 스타상을 받았다. 드라마 방영 시기에 맞춰 동명의 대본집도 출간됐다.

○ 조인성, 공효진, 성동일, 이광수, 진경, 이성경, 도경수, 양익준, 차화연